目次

文鎮

舞い上がる紙切れのようなわたしに文鎮の役目果たす父母《ちちはは》

「痛くない？」訊けば右手でＯＫ《まるつくり》と応えていたね亡くなる前夜

母の日に何を贈るか考える「また生んでね」と呟いている

世の中のすべてに愛を失くしても　ただひとりだけ母の存在

疲れ果てエプロンのまま眠る母…夢の中までも働かないで

何事もなく長生きをして欲しい猫《ちび》に思うの母に願うの

当然の如くこの世に暮らしてる遠慮もせずに生まれてきたの

しっかりと握られている拳には赤ん坊の担う未来もってる

ひらがなを憶えたばかり幼女でも死ぬのわかってて生きるのこわい

あやふやな思いがのどにつかえてるコップの水じゃ流し込めない

死にたいと思う甘えを誰かにか言える余裕のあるうちの生《せい》

十四、五で人生　決められてたまるか遠廻りしてもそれが君の糧

母と吾どんな縁《えにし》に導かれ　あえたのだろうあの冬の日に

もし吾に子どもがひとりでもいたならどんな声で話すのだろう

「母ちゃんは耳が大きいからちびも似てしまったね」猫に言う母

黒たまご食べたら寿命が延びるって言われて食べた　父も食べてた

遺影にはバニラヨーグルトプリンを　亡くなってから初の父の日

愛されて守られるから生きられるわたし母より先に死にたい

死ぬときは一緒だからと指きりを　軽くするとき強くするとき

『3月9日』

「オカンより美味い」言われた肉じゃがを自分《わたし》のためにつくる週末

弥生月近づく春がやってくる聴くは『3月9日』のうた

受け取ってもらえるかどうかわからない握りしめてるのど飴ひとつ

速達で出した手紙の返事には「僕はそんなに急ぎませんよ」

もぎたての恋より勝るものはなし。腐りかけが美味、バナナの法則

不用意に結婚という二文字を口に出さないそんなのも良し

君はもう新しい恋してますか？　わたしは今も君が好きです
不器用なふたりはいつもいとしいね傷つきあってまた惹かれあう

物事の基準が未《いま》だ彼なのだ。だから未だに好きだと気づく

結局は『彼を愛した、吾』のこと吾が否定をしたくないのだ

誰にでも優先順位あるからね…あの子いないとわたしなんだね

ごめんねと、申し訳なさに身がすくむ男の人《あなた》の愛を信じなかった

恋愛はプラトニックが希望なの　あなたの中で愛して欲しい

恋なんて必要ないと思ってた　あなたを知らぬ少女の頃は

突然に「別れよう」なんて言わないでわたしの好きなあなたの声で

突然と思ってたのはわたしだけあなたの中で出ていた答え

あの時の涙を吾は忘れない別れの痛みの強さは今も

同《おな》じ日に同《おんな》じガムを買ってきた小さな偶然、忘れはしない

吾、欲しい大事な物は少ないが君のぶんもと二つ求める

幸せになり得《う》るはずの未来さえ君にあげたい。たしかに願う

君のこと忘れないけどあの人を好きになってもかまいませんか

あの人を忘れないけど君のこと好きになってもかまいませんか

心から愛してるのは

純白じゃなくって少し色づいたアイボリーなどわたしには合う
ウエディング・マーチを聴くと思い出す君からもらった玩具《おもちゃ》の指環

若くして命を終えたその人が吾の真実《ほんと》の運命の人？

目が覚めてあなたの姿たしかめる華奢でせつない男の背中

いつからか人を殺《あや》めなければもう何をしたっていい気がしてた

ほんとうにしてはいけない、思うのは精神《こころ》までをも殺すことなり

叶わない想いだからこそいつまでも忘れられない永遠の恋《もの》

泣き疲れ眠れば君の夢をみる二度と会いたくない人なのに

湯呑み茶碗になりたい。そしてあなたと夫婦茶碗になりたい。

『好き』だって切手の裏に認《したため》て他愛ないこと書いて出す暑中見舞《はがき》い

嘘をつくあなたは嫌いだったけどあなたのことが大好きだった

筋道のしっかりとした夢をみる現実《リアルな》の吾は迷走中で

吾《あ》が君のまえにいること当然と思わないでね気を抜かないで

負の感情。言葉にすると現実になる心地して口にはしない

きょう君が聞かせてくれた何気ない話を吾は忘れないだろう

嘘だって間違いだって厭《いと》わない一度でいいの抱いてください

無視しよう好き過ぎるなんて悔しいよなのに胸には揺るがぬ想い

何か《感情》がほどけるようなうたいかた柴咲コウのカバーアルバム

暑さのせいそれだけじゃないよ、告白は　君の瞳が誘っていたから

「つまらない男じゃないか」思うことで自分の胸に言い聞かしてる

約束をするその時の彼の目に嘘はないって信じているの

好きなのは君だけそして心から愛してるのはあなただけです

君の世界へ

掛けられた言葉で人は生きるからやさしい言葉で満ちるといいな

吾《あ》の知らぬ君の世界へ誘《いざな》って。君の心に触れて良《い》いかな？

だいじょうぶ。そんなに不安がらないでわたしが何時《いつ》も傍《そば》にいるから

君はいまわたしのことは好きじゃない背中に書いてあるからわかる

報われる恋にはなりそうにないけどこれほど好きになれれば本望

好きなのはあなたに違いないのです。も少しやさしくお願いします彼と吾ただ唯一の共通の愛読書なり『海がきこえる』

守るべきものが有るから弱くなり君が在《あ》るから強くもなれる

君の名を吾がノートに記すときペンは温もりの響きを放つ

いつだって君のことだけを見ているその言動も瞳の彼女《先》も

焦れるほど思いのままにならぬ恋…君が初めてそして最後か

不自然に明るく振る舞う吾がいる吾の涙を君は知らない

傷つけて傷つけられて泣きながらそれでも思う君が好きだと

妙な期待もたせちゃったというように最近君は少し冷たい

コンビニで缶ポタージュをひとつ買い「あったかいよ」と吾にすすめる

泣くという行為が許されていたなら吾はそのとき泣いていたはず

せつないと思う気持ちは心地よく泣きたいときに聴く『アゲハ蝶』

長続きする恋なのかどうかって一週間でわかる気がする

意識して無視するのってつらいのね無視されるよりつらいものだね

嫌いでもいいよわたしは好きなんだ…自分の心に嘘はつけない

ひとりでは生きられるはずないからと心《むね》にあなたをしのばせている

「またすぐに手紙書くよ」と言ったけど万年筆が手になじまない

天高く打ち上げられし空の花　十五の夏など一瞬のこと

何事も程々が良いと思うからカレーのルウは中辛を買う

眩しいね敢えて瞳は逸らしてるわたし君しか愛さないから

「僕だけをみつめて欲しい」言われたが姿のみえない人となってる

夏の夜更け

吾があの夏の夜更けに見た火事は真っ赤じゃなくてオレンジだった

オレンジのトートバッグをくれた君。吾は戸惑いお礼が言えず

橙《だいだい》は代々家が続くって　好まれること知っているのに

あの夜を生涯忘れないけれど…封印された夏のできごと

大切な物

大人《ひと》として生きる標《しるべ》が見つからない何を信じて生きてゆくのか

他人にも自分にさえも嘘つけぬあなたはまっすぐ歩いてゆくの

振り向いてくれなくていい、彼女なら。君が求めたその人ならば

思いがけずやさしい笑顔に触れたので身体の奥がきゅんてなった

大切な物ってたくさんあるんだね思いは物に託すのだから

生きている価値はあるのか世の中に必要とされる人間なのか

医師《せんせい》に歌集をお貸ししたままで十二年余《よ》の月日が過ぎた

歌声に無垢な色気を感じとる尾崎豊の『ダンスホール』は

現実を見ては胸《こころ》を抉《えぐ》られるそれでも朝は用意されてる

女性《女子》アナウンサー《アナ》が明朗闊達《めいろうかったつ》なればこそ内側の闇、気に掛かります

少しだけ穢《けが》れてるかも知れないが吾にも赤い血が流れてる

ああそうだそうしてわたし生きてきた色んな物を手放したんだ

もう君を好きじゃなくても良くなってさみしいよりもホッとしている

どうしてか『自分のために頑張る』は難しくって途方に暮れる

友からの連絡のない冷える朝十一月は心許《こころもと》ない

「元気です」ただそれだけの報《しら》せでも心強いと思う霜月

心青ちゃん

他愛ない会話でいいのそれぞれの家に帰って思い出してね

二年越し想いが叶った初恋よ十六歳は最強だった

心青《みお》ちゃんは髪が長くて三つ編みで中2になってばっさり切った

「心青ちゃんは強い子だって思ってた」そんな言葉で傷つけた十七歳《過去》

涙ってその時どきの感情でできているもの、心を語る

疲れてるのなら早めに休んでね明日《あす》新しい気持ちで会おう

紀子《のりこ》って呼ばれてずっと生きてきた地味でも父がくれた名前だ
知らなくて良いこともあり目を閉じる余りに日々を曝《さら》す時代に

秋風がふたりの距離を縮めてく胸の鼓動が恋を知らせる

思い出をつくるつもりで生きてきたわけじゃないんだ必死に生きる

愛猫と愉《たの》しく過ごす時間だけさよならの日に近づくなんて

かかわりのある人ない人いろいろで袖振り合うも多生の縁

キスをするとき

いざとなりゃマウンド立って投げますよ土俵にだって上がる覚悟よ

彼よりも心を近くで感じた。いつの間にやら君がいないね

有難うＬＩＮＥをくれる二分前わたしのことを思ってくれて
焦らさずにすぐに返信する理由《わけ》は同じ時間を生きたいからよ

彼宛てのＬＩＮＥ既読が途絶えた夜《よ》あたしはずっと眠らなかった

指さきを見られるのさえたまらなくときめく吾が不可解なり

存在を許さぬように知らぬふり好きと言っても愛していても

手が触れたほんの一瞬だったけどそんなことから恋ははじまる

何気なく君の名前を呼ぶふりで胸は確たる想い秘めてる

ありふれた科白《セリフ》なんかじゃ許さない心が愛で満たされたがる

完全に染められてるな、そう思う　あなたの好むもののすべてに

さよならを決めたあなたの心ではいったい何が起こっていたの？

泣けるほど時には冷たい君といて愛されたいと切に願うの

くちづけのその理由なんてなくていい君に恋したそれだけでいい

彼よりも愚かさ求められる吾　男の矜持《プライド》面倒なモノ

わずかでも信じたかったこの出逢い　運命ならば…強く願った

十代を過ごした彼の青春を知ることなかった吾を悲しむ

寒がりの彼の身体をあたためるこのままずっと手をつないでよう

『疲れた』と思い脳裏に浮かぶのは天使に導かれ《とともに》旅立つネロとパトラッシュ《ふたり》

嫌われぬように飽きられないように雨に打たれた仔犬のように

ガラスとか鉄でできてるものもあるキスをするとき仮面《マスク》は外す

猫をもし抱きしめたならこわれそう幸せはいつもこわれそうなの

愛された記憶

「自分など忘れ、幸せ掴んで」と忘れた頃に言ってくる人

控えめな君は写真が苦手でさ一度もふたりで撮らなかったね

君がいま「さよなら」告げたくちびるはキスするためのものだと思う

「思い出の上書きすれば春だって好きになれるよ」伝えたかった

一生でなくていいのよ一瞬で君に本気で愛されたのが
彼《あ》の人はわたしを傷つけまいとして自分のことを傷つけている

君からの冷たい言葉のその裏でどれほど泣いたか知らないでしょう

はじまったばかりのわれの初恋が間違いと知る十七年後

彼の目に元気がないのわかってるそれでも何もできないわたし
好きならばただその想い温めて素直に彼を受け容れましょう

気がつくとあなたの姿追っている他の男《もの》など目に入らない

わたしから声掛けないと話さない惚れた弱味かなんて不条理

騙されたような心地でつまんでる食塩不使用プライドポテト

吾だけに教えてくれた君の『好き』他のあの子に喋ってごめん

口数の少ない彼はさりげなくTシャツの色で自己主張する

やっと会えたうれしさと彼の冷静な態度……悲しいね

気の利かぬ誰の指図も受けはしないわたしはわたし、貫いてゆく

愛された記憶があればひとりでも必ず強く生きてはゆける

吾は臆病

「ヤサシイ」は「優しい」よりも「やさしい」が「ヤサシイ」気して「やさしい」遣う

きょう遂に呼び覚まされたあの記憶ジルの香水、少女《あなた》の薫り

結婚は「なりゆきじゃない？」という君に運命論者の吾は不機嫌

誰よりも先行く歩む彼女らはトラウマというアイテム持てり

逆らえぬ流れにも似て人生は…急流ならなおひとりじゃ立てず

ふと目についた本を手に息を吐く君と同じで吾は臆病

ものすごく疲れた日々のその隙間　夜中にひとりＧＯＤＩＶＡのアイス

誕生日《きょう》、吾が口にできない『おめでとう』。あなたも好きなあの子の言葉

気の利いたことが言えずにありふれた言葉をやっと絞り出してる

望まれて生まれてきたのか違うのか心の中に葛藤がある

嘘の中逃げてた吾に真実の大事さ君は教えてくれた

思い出になるとも知らず任せた身　他の誰にも穢れさせない

現在が初恋

逢いたいよそれなのに二度と逢えぬ人どちらから手を放したのだろう

先をゆく君もやっぱり気にしてる未だ揃わぬ心の歩幅

三年も付き合ってなお震えてるたしかな君を感じていたい

洗剤が残り少なくなっている君から享《う》ける情けのように

運命に期待しすぎているようだふたりの仲は人為的なもの

君には限りなく伝えたいそして一瞬後には忘れて欲しい

大切に守ってなど思わない　泣きたい日には静かにできる

本能に突き動かされるわけでなく地に足ついた恋をしてます

人として何かひとつの決定打　吾にあるなら教えて欲しい

世の中を必死で生きてる吾がいる足並み揃え弾かれぬように

やさしさは誰のためなのか結局は自分を守る遣り口なのか

妥協して生きているのが大人なら泣き叫んでも子どもでいよう

気持ちには応えられぬという君の誠実な字がみるみる滲む

良かったよ君に出会えたことそして吾の心は浄化されてく

これまでに誰かを好きになったけどあなたを想う現在《いま》が初恋

生をつづけてゆくこと

だからなお　父に会えなくなるなんて亡くなるなんて信じられずに

会えないと勝手に思い込んでいた。いつかは会える「待っててください」

生まれ出《い》で母の腕《かいな》に抱《いだ》かれて、ほえぇほえぇと泣いたんだろか

ご近所のおばさんと話す母の『声』。胎児の時から親しんだ『声』

初夏ならばさやえんどうの御《お》御《み》御《お》付《つ》け　もう味わえぬ…祖母の思い出

現在までにいちばん多く呼んだのは母のことだろう　あの人もまた

義姉さんの嫁入り道具、姿見はなぜだか吾を幼く映す

十八で兄に嫁いだ義姉さんを実はひそかに尊敬してる

四年差で同じ子宮《はら》からでた兄妹《ふたり》大人になってすこしの距離が…

膝の上すやすや眠る猫《ちび》がいる命は重くあたたかいのね

「田植えあと緑がとても清々しい」父の心象知った七才

血圧のくすり服《の》んだか母に問い猫にはカリカリ《餌》を忙《せわ》しい気持ち

形見分け真っ先に吾欲しがった父の体温　計ってたもの

根気よく生《せい》をつづけてゆくことを父は身を持ち教えてくれた

パレードブックスの原幸奈さんを始めとしまして、お世話になりましたすべての方々に深く感謝申し上げます。

歌集　幸せはいつもこわれそうなの。

2023年7月31日　第1刷発行

著　者　倉持紀子《くらもちのりこ》

発行者　太田宏司郎

発行所　株式会社パレード
　大阪本社　〒530-0021　大阪府大阪市北区浮田1-1-8
　　TEL 06-6485-0766　FAX 06-6485-0767
　東京支社　〒151-0051　東京都渋谷区千駄ヶ谷2-10-7
　　TEL 03-5413-3285　FAX 03-5413-3286
　https://books.parade.co.jp

発売元　株式会社星雲社（共同出版社・流通責任出版社）
　〒112-0005　東京都文京区水道1-3-30
　TEL 03-3868-3275　FAX 03-3868-6588

装　幀　藤山めぐみ（PARADE Inc.）

印刷所　創栄図書印刷株式会社

ISBN 978-4-434-32215-0 C0092